RÉSUMÉ

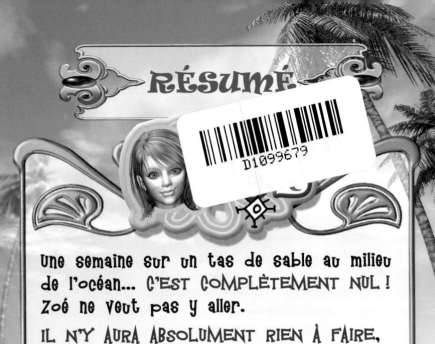

Une semaine sur un tas de sable au milieu de l'océan... C'EST COMPLÈTEMENT NUL ! Zoé ne veut pas y aller.

IL N'Y AURA ABSOLUMENT RIEN À FAIRE, à part regarder les vagues sous un parasol de paille.

C'EST MOCHE PAS POSSIBLE, ÇA !

Mais voilà, c'est toujours lorsqu'on s'y attend le moins que des choses extraordinaires se produisent. Eh oui ! 4-Trine et Zoé sont loin, très loin de se douter qu'elles rapporteront de ce voyage pas seulement des coquillages, mais aussi... LE PLUS BEAU DE TOUS LES SOUVENIRS !

2ᵉ impression : octobre 2010

Créé par Richard Petit

Dépôt légal : Bibliothèque et Archives
nationales du Québec, 1ᵉʳ trimestre 2006

ISBN : 978-2-89595-159-9

Imprimé au Canada

Gouvernement du Québec – Programme de crédit d'impôt
pour l'édition de livres – Gestion SODEC

Boomerang éditeur jeunesse remercie la SODEC
pour l'aide accordée à son programme éditorial.

Nous reconnaissons l'aide financière du gouvernement du Canada
par l'entremise du Programme d'aide au développement
de l'industrie de l'édition (PADIÉ) pour nos activités d'édition.

edition@boomerangjeunesse.com
www.boomerangjeunesse.com

Il était **2** fois...

J'ai un peu le trac !

Bon ! Alors c'est moi qui vais lui expliquer. Il était **2** fois... est un roman TÊTE-BÊCHE, c'est-à-dire qu'il se lit à l'endroit, puis à l'envers.

NON ! NE TE METS PAS LA TÊTE EN BAS POUR LE LIRE... Lorsque tu as terminé une histoire, tu peux retourner le livre pour lire l'autre version de cette histoire. CRAQUANT, NON ? Commence par le côté que tu désires : celui de 4-Trine ou mon côté à moi... Zoé !

J'peux continuer ? BON ! Et aussi, tu peux lire une histoire, et lorsque le texte change de couleur, retourne ton livre. À la même page de l'autre côté, tu vas découvrir des choses...

Deux aventures dans un même livre.

Tu crois qu'elle a capté ?

CERTAIN ! Elle a l'air d'être aussi brillante et géniale que nous...

À l'aéroport...

— Je ne peux pas croire que nous allons nous taper toutes ces heures en avion ! se plaint Zoé, le visage caché entre ses deux mains. Je vais arriver là-bas vieille, toute pleine de rides, comme une grand-mère.

— Cinq heures, ce n'est pas la fin du monde, essaie de la rassurer 4-Trine. Calme-toi...

— Et avec le « décollage horreur », HEIN ! ça fait huit heures, tu sauras, madame qui ne sait pas compter...

— « DÉCALAGE HORAIRE » qu'il faut dire ! Ce que tu peux être nouille quand tu veux ! s'impatiente son amie. Et puis, ça va passer très vite, tu vas voir. Dans l'avion, nous allons bouffer des trucs et il y aura projection d'un film...

— AH OUI ! Je te parie que ce sera un film sur un avion qui s'abîme en pleine mer où tous les survivants du crash se font bouffer par des requins ?

5

TRÈS JOLI !

— Je ne peux pas croire que tu aies peur de l'avion à ce point, réalise 4-Trine. C'est une vraie maladie...

Zoé s'assoit sur un banc, découragée.

— Est-ce que ça paraît à ce point ? demande Zoé.

— Je vais essayer de contrôler ma peur, se dit Zoé. Et rien n'y paraîtra... RIEN ! Personne ne va se douter que J'AI UNE FROUSSE TERRIBLE DE VOLER... Personne !

— NON ! NON ! pas du tout, lui répond 4-Trine pour l'encourager.

Soudain, les haut-parleurs de la salle d'embarquement font entendre le message suivant : « Tous les passagers du vol 903 en direction de Coco Momo sont priés de se présenter à la porte 17. »

Zoé lève la tête en direction de son amie 4-Trine.

— ÇA Y EST ! dit-elle dans une grimace qui lui déforme complètement le visage. C'est ici que nous allons mourir...

— Non mais, tu es complètement pénible quand tu veux. *DONNE-MOI LA MAIN !* L'avion est le moyen de transport le plus sécuritaire qui existe. Si nous mourons, je te promets de m'excuser et de dire que tu avais entièrement raison...

— QUOI ! EUH ! elle va s'excuser s'il nous arrive malheur ? Mais c'est impossible, ça !

— Excuse-moi de te demander pardon, cherche à comprendre Zoé, mais si l'avion s'écrase...

— STOP ! arrête ! Je sens que je vais piquer une crise ! Je ne veux plus entendre les mots « mourir », « écrasement » ou « requin » pendant tout le reste du voyage. EST-CE QUE TU AS CAPTÉ ? Tu vas gâcher les vacances de tout le monde...

Zoé regarde sa mère qui, devant elle, remet son billet d'embarquement au préposé. Sa mère lui lance un magnifique sourire.

C'EST PARTI !

— OUI ! Han ! han ! fait Zoé, son cœur battant la chamade. Une personne n'est plus libre d'avoir peur, aujourd'hui...

Sur son siège, Zoé étire le cou pour observer ses parents assis complètement à l'avant avec Isabelle, la mère de 4-Trine. Elle jette ensuite un coup d'œil à l'extérieur, par le hublot.

— C'EST INCROYABLE ! Les gens sont si petits qu'on dirait des fourmis...

— *Ce sont* des fourmis, car nous n'avons pas encore décollé, lui précise 4-Trine.

TSOIN ! TSOIN !

Les moteurs vrombissent et soulèvent très vite l'avion à des milliers de mètres dans les airs. Zoé a l'impression que son cœur a changé de place au cours du décollage... IMPOSSIBLE !

CINQ HEURES DE VOL ! C'est un peu long. Alors, pour t'éviter de lire des pages et des pages où il ne se passe à peu près rien, nous allons avancer le temps de plusieurs heures, enfin, jusqu'à l'arrivée sur l'île Coco Momo.

IMPORTANT !

Il est très dangereux et fortement décon-seillé d'essayer d'avancer le temps à la maison... OU À L'ÉCOLE !
Cette cascade ne peut être réalisée que par des auteurs professionnels et expérimentés...
MERCI !

L'avion descend vers la piste d'atterrissage. Zoé serre fortement la main de son amie 4-Trine sur le bras de son siège lorsque les roues touchent le sol.

Zoé pousse un long soupir...
— OOOOOUFF !

... sans toutefois lâcher la main de 4-Trine, qu'elle serre toujours très fort.

— Euh ! fait son amie, je peux ravoir ma main ?

— **OUPS !** pardon...

Aussitôt l'avion arrêté, les passagers se lèvent et se ruent vers la sortie. Zoé attrape 4-Trine par la ceinture pour éviter qu'elles soient séparées dans la cohue. Hors de l'avion, les deux pieds sur l'escalier d'accès, elles sont toutes les deux saisies par la chaleur et les rayons du soleil.

— **WOW !** hurle de joie Zoé. UN PALMIER !!! C'est mon premier palmier... IL EST MAGNIFIQUE !

— Tu n'avais jamais vu de vrai palmier avant ? s'étonne son amie.

— À la télé et au Jardin botanique, mais c'est tout !

Près de l'entrée de l'aéroport, le très grand arbre courbé porte d'immenses noix de coco et semble souhaiter la bienvenue à tout le monde.

— ÇA, lui dit 4-Trine, c'est pour moi le signe des vacances...

Après avoir ramassé leurs valises sur le tapis roulant de la zone de retrait des bagages, Zoé et ses parents sautent dans un très vieux taxi qui les conduit à l'hôtel, près de la mer. Qui les suit dans une autre automobile tout aussi rouillée ? 4-Trine et sa mère.

— Est-ce que ça te tente de venir avec nous sur la plage ? lui demande son père. Ta mère et moi, nous allons nous étendre au soleil et nous reposer.

— **AH WOW**! se moque Zoé. Ne rien faire ! Quelle bonne idée ! **TRÈS TENDANCE !** Regarde, papa, moi, j'ai une meilleure idée : JE VAIS FAIRE QUELQUE CHOSE !

Très

— Comme tu veux, Zoé, lui dit sa mère. Ce sont tes vacances à toi aussi...

Son père n'est pas d'accord.

— Mais nous avions dit que nous passerions du temps ensemble !!!

— Ça ne veut pas dire manger la même chose et aller aux toilettes en même temps... Et puis, je me demande, papa, comment vous faites pour rester des heures comme ça immobiles au soleil, tels des steaks sur un barbecue. Moi, je préfère partir en exploration, si toutefois il y a des choses à voir sur ce caillou en plein cœur de l'océan. Je vais en parler à mon associée, mon amie et très *GLAMOUR* 4-Trine...

— Comme tu veux ! se résigne son père.

— Envoyez-moi un *fax* lorsque nous serons arrivés, demande Zoé.

— COMMENT, UN *FAX* ? veut comprendre son père.

— Vous me le dites lorsque nous serons arrivés à l'hôtel ! Je vais lire ma bande dessinée préférée...

11

Poupoulidou PART 10

C'EST INUTILE !

POUPOULIDOU NE PEUT PAS PENSER À AUTRE CHOSE QU'À DÉTRUIRE LA TERRE...

IL LA VOIT PARTOUT !

TROUVE-TOI UNE ACTIVITÉ !

...LUI SUGGÈRE MAMANLIDOU...

PLANTER DES FLEURS PAR EXEMPLE...

ALORS NOTRE AMI POUPOULIDOU SE MET AU TRAVAIL. IL PLANTE DES GRAINES, ARROSE, ET ARROSE.... L'IDÉE SEMBLE FONCTIONNER...

...JUSQU'À CE QUE POUSSENT LES FLEURS !

Dans le corridor de l'hôtel, Zoé aperçoit 4-Trine qui sort de sa chambre. Zoé court vers elle.

— Tu as vu ? lui montre-t-elle.

Elle ouvre sa main remplie de pièces de monnaie.

— J'ai tout plein de fric ! Mes parents m'ont donné tout cela !

WAOUH !

— T'as combien là ? veut savoir 4-Trine.

— J'ai dix-huit mille santos !

— DIX-HUIT MILLE ! s'étonne 4-Trine. Ça fait combien en dollars ? On peut s'acheter des scooters ?

— Je ne sais pas trop, mais mon père m'a dit que nous en avions assez pour nous acheter chacune un cola...

— SEULEMENT UN COLA ! Mais c'est ridicule...

— Peut-être que les colas valent une fortune sur cette île..., pense Zoé.

— Moi, je pense que l'argent, ici, ne vaut pas grand-chose...

— Qu'est-ce qu'on fait maintenant ?

— RIEN ! Il paraît que nous sommes ici pour cela, répond 4-Trine. C'est ce que ma mère m'a dit...

— Moi, je ne comprends pas. Nous aurions pu « rien faire » à Woopiville. Pourquoi venir ici pour... « RIEN FAIRE » ??? Il n'y a même pas de canal de films à la télé.

— OUAIS ! s'étonne 4-Trine. Je ne comprends pas pourquoi nous avons une *zappette*, car il n'y a qu'une seule chaîne, tout embrouillée, avec un monsieur qui cause dans une langue que je n'arrive pas à comprendre...

— CORRECTION ! Il y a deux chaînes : celle du monsieur à moustache qui parle bizarrement et une autre où il n'y a que de la neige...

— **CHOUETTE !!!** gémit 4-Trine. Ça promet, comme divertissement...

À la réception de l'hôtel, les filles s'approchent du préposé debout derrière un comptoir en bambou.

— Euh ! oui ! pardon, monsieur, fait timidement Zoé. Quelle direction, la plage ?

L'homme, de toute évidence, n'a rien compris. Il tend l'oreille et se penche pour se rapprocher de Zoé.

— Ké ! ka ! euh ! plage ! essaie à nouveau Zoé.

Le préposé crispe les yeux et ne comprend toujours pas. Zoé se tourne vers son amie.

— Comment dit-on « plage » en égyptien ?

— Je ne sais pas, et puis, tu n'es vraiment pas en Égypte, ici...

— Alors quelle langue parlent-ils ?

— **AUCUNE IDÉE !** Tout ce que je sais, c'est qu'ils utilisent beaucoup de *O*...

Zoé se retourne vers le préposé et s'excuse auprès de lui par des gestes.

14

— Nous allons vraiment avoir un *FUN FOU* ici, songe-t-elle. Pas de télé, pas moyen de discuter avec personne...

Hors de l'hôtel, sous le ciel magnifique, des gens déambulent en maillot. Plusieurs femmes, des fleurs dans les cheveux, marchent lentement autour de la piscine au contour sinueux.

Très moqueuse, 4-Trine sourit à Zoé. Ensuite, pour imiter les dames, elle tend son bras pour saisir une fleur. Mais lorsqu'elle touche une tige, un petit lézard vert limette saute sur sa main et disparaît ensuite dans le bosquet... **AAAAAAAAH !**

Effrayées, Zoé et 4-Trine s'enfuient dans des directions différentes.

Zoé court à toutes jambes et ne s'arrête que lorsqu'elle est à bout de souffle, devant un petit kiosque de souvenirs.

À un chariot peint de couleurs vives sont accrochés des tas de trucs : des colliers rose et bleu de mer, des coquillages et...

DES LÉZARDS !

— OOOUUAAAH !

— Ne t'en fais pas, dit une tête qui vient d'apparaître derrière le chariot. Ce ne sont pas des vrais, c'est mon père qui les sculpte dans du bois de cocotier. Je m'appelle Lounia. Tu veux m'acheter quelque chose ?

Zoé pousse un soupir de soulagement.

PFOOOVVVV !

— Tu as des amis ? Tu es seule ? demande la jeune fille blonde aux yeux verts.

— Maintenant oui, je suis seule, car je crois que mon amie 4-Trine s'est fait bouffer par le dernier des dinosaures vivants...

— HI ! HI ! rit Lounia. Tout ce que vous avez à craindre ici, ce sont les coups de soleil.

— Pour ça, j'ai de la crème, lui dit Zoé.

17

Mais si tu vends une sorte de crème contre les lézards, moi, j'achète tout de suite…

— T'es vraiment rigolote toi, tu sais…

— C'est la première fois que l'on me traite de rigolote.
De **COOL** ! souvent,

de **FABULEUSE** ! très souvent,

de **HIP** ! hyper souvent. De rigolote, c'est la première fois…

— Et ta super complice, où est-elle ?

— Dans l'estomac du tyrannosaure, je t'ai dit. Tu ne me crois pas ?

— **VIENS** ! Nous allons la retrouver… ou la sauver, si tu préfères…

Zoé marche avec Lounia jusqu'à la piscine où, bien entendu, l'attend 4-Trine, les deux pieds dans l'eau et ses deux sandales sur la tête…

—  hurle Zoé en attrapant les épaules de son amie.

4-Trine sursaute légèrement.

— **aïe** !

— Est-ce que tu sais de quoi tu as l'air avec tes sandales sur ta tête comme ça ?

— J'ai vu des tas de trucs ramper autour de la piscine et je ne veux pas me retrouver avec une de ces saletés entre les orteils…

4-Trine regarde Lounia, puis Zoé…

— Tu me présentes ?

— AH OUI ! fait Zoé, qui retrouve enfin ses bonnes manières.

— 4-Trine, je te présente Lounia. Lounia, voici 4-Trine. Ma meilleure « chumie ».

— Salut ! font-elles en même temps.

Zoé leur sourit.

— Lounia s'occupe du kiosque de souvenirs de son père. C'est un grand artiste. Viens voir ce qu'il fabrique...

Devant le kiosque, 4-Trine ne peut s'empêcher de toucher à tout.

— OH ! lâche-t-elle lorsqu'elle aperçoit les petits lézards en bois. Nous allons en prendre vingt-sept ! s'exclame-t-elle tout à coup. J'en veux de toutes les couleurs. CELUI-CI ! Et celui-là...

— **QUOI !** mais tu n'es pas à moitié folle, tu l'es complètement ! Pourquoi autant ?

— RAPPELLE-TOI ! Caroline, notre prof, a demandé à tous les élèves de rapporter un souvenir de leurs vacances, car chacun aura à en parler devant les autres. Ça va compter pour *full* de points dans le bulletin. Si nous rapportons des lézards à tous nos amis, nous serons, encore une fois... LES PLUS *HOT* DE LA CLASSE !

— Et nous aurons la plus haute note... **GÉNIAL !**

— C'est mon père qui va être content de constater que j'ai presque tout vendu ses lézards, se réjouit Lounia.

— Les copains de classe fous de joie, ton père content, le soleil qui brille... QUE LA VIE EST BELLE, BELLE, BELLE !!!

— Vous êtes ici, à Coco Momo, pour longtemps ? leur demande Lounia. Des semaines ? NON, dites-moi que vous êtes ici pour des années !!!

— Des jours, en fait ! lui répond Zoé. Sept pour être précise...

— SEPT JOURS ! s'exclame alors Lounia. Nous n'avons donc pas une minute à perdre. Il y a des tas de choses à faire sur cette île. Premièrement, ce soir, il y a le concours « princesse de Coco Momo ».

— « PRINCESSE DE COCO MOMO » ? répète 4-Trine. C'est quoi, ce titre de noblesse ? Il y a de la monarchie sur ton île ?

— Chaque samedi, lorsque les vacanciers arrivent, il y a la grande fête de la mer où est couronnée une princesse. Seules les jeunes filles aux yeux bleus comme la mer ont le droit de participer, comme...

— ZOÉ ! fait 4-Trine en se tournant vers son amie.

— Nous allons transformer Zoé en princesse exotique. Tout d'abord, je vais te montrer à danser comme une vague dans la mer.

— J'ADORE DANSER ! s'exclame Zoé, tout excitée...

— En plus, je crois que nous avons la même taille, remarque Lounia. J'ai une robe d'un bleu majestueux parfaite pour l'occasion. Mais avant tout, voici ce que nous allons faire...

— BON ! je croyais qu'ils ne partiraient jamais, souffle Zoé, soulagée.

Elle ferme vite la porte de la chambre et se dirige vers le balcon. Trois étages plus bas, Lounia grimpe à une liane tortueuse accrochée au mur de l'hôtel.

— AÏE ! c'est trop haut ! Tu vas te péter la gueule...

Adroitement,
Lounia parvient à atteindre le balcon sur lequel l'attend Zoé.

— J'ai la robe dans mon sac à dos. Tu as eu le temps de pratiquer tes pas de danse ?

— OUI ! cachée dans la toilette ! Je ne voulais pas que mes parents se doutent de quoi que ce soit.

Lounia fouille dans son sac.

— FABULEUSE ! Elle est fantastique…

Zoé enfile aussitôt le vêtement…

— Tu as l'air… D'UNE PRINCESSE !

Zoé rougit…

— AH NON ! constate-t-elle tout à coup. Nous avons oublié les souliers…

— Pas de souliers ! Tu seras plus légère qu'une goutte d'eau lorsque tu danseras…

Zoé se contemple dans le miroir et fait quelques pas…

— Je crois que je n'ai jamais été aussi belle.

— ATTENDS ! lui dit Lounia. Je vais te mettre du maquillage autour des yeux. Ça va les rendre lumineux…

DRIIIING ! fait soudain le téléphone…

POOM ! PIM ! PUUM !

— ALLÔ ! Chambre de la future princesse de Coco Momo, répond Lounia.

— Qui est-ce ? C'est 4-Trine ?

— OUI ! et toi, tu as ce qu'il faut ?

— Dis-lui qu'elle se grouille ! Je ne veux pas manquer mon... **COURONNEMENT !!!**

— Alors viens vite nous rejoindre dans la chambre de Zoé ! La fête est commencée...

GO !

Sur un balcon de la salle de spectacles...
— Tu es en beauté ce soir, Isabelle, complimente le père de Zoé à la mère de 4-Trine alors qu'elle prend place près de sa femme.
— Allô, Valérie ! J'ai manqué quelque chose ?
— Il va y avoir le couronnement d'une jeune princesse ce soir, et les candidates au titre doivent danser sur la scène. C'est absolument majestueux !
— Mais où sont les filles ? demande le père de Zoé.
— Et puis pourquoi n'ont-elles pas voulu participer ? questionne Isabelle. Ç'aurait été vraiment amusant de les voir danser sur la scène.
— Il n'y a que Zoé qui aurait pu participer, explique Valérie. Seules les jeunes filles aux yeux couleur de la mer courent la chance de devenir princesse...

— C'est vraiment dommage pour Zoé. En plus, elles manquent toutes les deux le spectacle…

Sur la scène, c'est maintenant le tour de la dernière participante. Des flambeaux crépitent et un grand silence s'installe lorsqu'une trappe dans le sol s'ouvre. Dans la pénombre, la silhouette noire aux bras tendus vers le ciel reste immobile.

Sous d'assourdissants coups de tam-tam, BOUM ! BOUM ! BOUM ! et dans une gestuelle très gracieuse, la jeune fille, éclairée par tous les projecteurs, se retourne vers l'assistance. Tous les spectateurs sont stupéfiés par ses yeux d'un bleu très lumineux…

— ZOÉ ! font en même temps ses parents lorsqu'ils la reconnaissent.

4-Trine et Lounia arrivent près de leur balcon. Isabelle sourit à sa fille lorsqu'elle lui montre son pouce en signe de victoire.

Zoé, dans une souplesse et une grâce dignes d'une grande ballerine, danse et subjugue la foule.

Sa chorégraphie parfaite séduit tout le monde, même les membres du jury.

La foule hurle son appréciation.

OUUUUH ! BRAVO !

Sur la scène, après sa performance, elle attend nerveusement avec les autres participantes.

Le président du jury s'approche du microphone...

— Le titre de princesse de la mer est décerné ce soir à une jeune fille dont la beauté des yeux nous fait oublier les étoiles... VENEZ CHERCHER VOTRE COURONNE, PRINCESSE ZOÉ !!!

YAHOOOUUU !

Sur le balcon, on se saute dans les bras les uns les autres...

Après le spectacle...

Sur la piste de danse, sous les palmiers, 4-Trine, Zoé et Lounia font la fête, et tous les garçons désirent danser avec elles...

Dans son lit, Zoé s'étire et se réveille doucement.

— AH ZUT ! songe-t-elle, toute cette histoire n'était qu'un rêve ??? L'avion, l'île, Lounia et le concours de princesse... PAS GRAVE ! C'était super tout de même...

Elle se retourne et, par la large fenêtre ouverte, elle aperçoit de grands palmiers et un ciel sans nuage. Sur la table de chevet... IL Y A UNE COURONNE DORÉE !

YIPIIIIIII !

Dans la chambre de Zoé, sa mère accourt...

— Qu'est-ce qu'il y a, ma princesse ?

— RIEN ! Je croyais avoir fait un rêve...

— Tu veux venir à la pêche en haute mer avec nous ?

— Non ! je crois que 4-Trine et Lounia ont des projets, beaucoup de projets... DES TAS DE PROJETS !

— Je vois que tu commences à aimer cette île...

— Vous, les adultes, vous avez de très bonnes idées, avoue Zoé à sa mère. Des fois...

Sa mère lui sourit...

Zoé se lève d'un seul bond pour lui faire une caresse.

TOC ! TOC !

4-Trine frappe à la porte de la chambre des parents de Zoé. Son amie répond en pyjama... COURONNE À LA TÊTE !

— Habille-toi, Sa Majesté ! Lounia a besoin de nous... ET DE TES PARENTS !

Derrière son kiosque, Lounia remplit de grands sacs.

— Tu as pensé à grand-père Mathieu ? demande 4-Trine à sa mère. Il ADORE les singes ! Celui-ci, en ébène, sera superbe sur sa table de salon.

— Est-ce que je peux acheter un petit quelque-chose à Caroline, ma professeure ? Il faut penser aux autres aussi, c'est toi qui le dis toujours...

— Regarde ce collier avec... UNE VRAIE DENT DE

 lui montre Lounia.

— **WOW** ! ça va impressionner les autres élèves...
Le père de Zoé acquiesce.

— Est-ce que nous pouvons aller manger mainte-nant ? supplie Isabelle. J'ai une faim de... de...

— REQUIN ! ajoute sa fille,
4-Trine.

Tous se mettent à rire...

Dans une immense hutte au toit en chaume, des dizaines de personnes déambulent assiette en main devant les réchauds.

— Comment ça marche et combien ça coûte ? veut savoir Zoé.

— C'EST GRATOS ! lui répond son père. GRA-TUIT ! Tout est inclus ici. Vous pouvez manger n'im-porte quoi...

Zoé et 4-Trine se regardent, éberluées...

— À vous en rendre malades ! ajoute Lounia. Mais ça, je ne vous le conseille pas.

Tous partent dans des directions différentes...

Devant un comptoir, Zoé essaie de choisir, mais il y a tant de nourriture...

— Vous désirez un œuf, jeune dame ? lui demande un cuisinier coiffé d'un chapeau de chef.

— J'en voudrais !...
CINQ ! BROUILLÉS S'IL
VOUS PLAÎT !

Incertain, le cuisinier s'exécute et casse cinq œufs sur son gril.

Lounia arrive près d'elle, l'air espiègle...

— Nous allons jouer un tour à 4-Trine.

Elle lui montre une petite assiette qu'elle dissimulait derrière son dos.

— Qu'est-ce que c'est ?

— DE LA PIEUVRE !

— POUAH ! fait Zoé, répugnée. Tu ne vas pas lui faire bouffer ça ?

— Oui ! HI ! HI ! HI !

De retour autour de la grande table...

— Bon appétit tout le monde, souhaite 4-Trine.

Près d'elle...

— Hmmmmmmm ! fait Lounia pour attirer son attention...

— Qu'est-ce que c'est ? demande 4-Trine, curieuse.

— C'est du pikamiou ! lui répond Lounia en faisant un clin d'œil à Zoé. GOÛTE ! Tu verras, c'est extra délicieux... C'est un mets typique de mon pays !

4-Trine met le petit morceau tordu dans sa bouche.

— C'est un peu caoutchouteux ! dit-elle.

— Qu'est-ce que ça veut dire, *pikamiou*, en français ? demande la mère de Zoé.

— PIEUVRE ! répond Lounia en souriant.

À côté d'elle, 4-Trine cesse de mastiquer... ET COURT VERS LA SALLE DE BAIN !

Zoé et Lounia s'esclaffent.

Le père de Zoé sourit aussi ...

— Les voyages forment la jeunesse, dit-il. C'est ça qui est bien. Maintenant, ton amie 4-Trine ne dira plus jamais que le brocoli, c'est complètement dégueu …

De retour à la table, 4-Trine sourit à son amie Zoé…

— Tu n'es pas frustrée, j'espère ? lui demande-t-elle.

— Meeeuuh non ! lui dit 4-Trine, toute souriante. Je suis capable de rire des mauvais tours que l'on peut me jouer, moi…

Zoé regarde Lounia en signe d'incompréhension…

— OUI ! je vous ai entendues, toutes les deux, là-bas près du comptoir. Je ne l'ai pas vraiment mis dans ma bouche, le morceau de pieuvre. Il est toujours dans mon assiette, regardez ! Par contre, j'ai réussi à mélanger de la VIANDE DE LÉZARD à tes œufs brouillés lorsque le cuisinier avait le dos tourné…

Zoé grimace, se lève et court à son tour vers les toilettes…

4-Trine fait un clin d'œil à Lounia.

— Mais non ! je n'ai pas fait cela. C'est juste pour lui donner une leçon.

Lounia regarde 4-Trine et hoche la tête en souriant.

— Vous êtes complètement DANGEREUSES, toutes les deux…

— Tu sais, ajoute 4-Trine, je me fais peur à moi-même des fois…

4-Trine pique avec sa fourchette dans son assiette et met dans sa bouche, sans s'en rendre compte… LE MORCEAU DE PIEUVRE !

Tout le monde cesse de mastiquer et la regarde d'un air dégoûté…

4-Trine soulève les épaules...
— BAH ! ce n'est pas si mauvais que ça...

BEURK !

Autour de la piscine, Zoé, 4-Trine et Lounia se pro-mènent. Plusieurs personnes reconnaissent Zoé la princesse et lui sourient...

— Ce sont tous vos loyaux sujets, Majesté, lui dit Lounia. L'île est votre royaume...
Une vieille dame coiffée d'un casque de bain égayé d'une tortue en plastique s'approche de Zoé...
4-Trine murmure quelque chose à l'oreille de Lounia...

OH non !

— Vous étiez magnifique, mademoiselle, hier soir, lui dit-elle. Ça me rappelle lorsque j'ai remporté, moi aussi, un concours de Miss maillot en 58 et...

BLA ! BLA ! BLA !

Les yeux cachés derrière ses lunettes de soleil, Zoé regarde le ciel et espère être délivrée par une espèce de prince charmant... Après tout, elle est une princesse, ça pourrait arriver...

— Désolée de vous interrompre, s'excuse 4-Trine auprès de Zoé et de la dame, mais nous devons vous quitter quelques minutes, nous avons quelque chose de très urgent à faire.
Zoé fait non très discrètement avec sa tête...

— Elle ne va pas me laisser seule avec la dame au casque de caoutchouc ?

— Nous allons revenir dans quelques instants, ajoute 4-Trine. Attends-nous ici... NE BOUGE PAS !

Prise avec la vieille dame, Zoé soulève ses lunettes et grimace à 4-Trine.

Quelques trop longues minutes plus tard, 4-Trine et Lounia reviennent.

Zoé n'est pas très contente...

— Tu me laisses une autre fois dans ce genre de situation et je t'étripe...

KEEP COOL ! Tu vas rire.

— C'est quoi, cette bouteille ?

— C'est du colorant alimentaire hyper concentré ! lui répond Lounia. À la cuisine, ils s'en servent surtout pour colorer les garnitures des gâteaux...

— Et vous allez faire quoi, avec ce truc ? LE BOIRE ? Vous allez avoir toute la langue bleue...

Zoé saisit soudain leurs intentions.

— Vous n'allez pas verser le contenu de cette bouteille... DANS LA PISCINE ?

Lounia et 4-Trine font toutes les deux oui de la tête...

Zoé, elle, fait non, mais sourit...

4-Trine regarde autour d'elle. PERSONNE NE L'OBSERVE ! Elle s'approche... ET VERSE TOUTE LA BOUTEILLE DANS L'EAU !

— Le spectacle va commencer, dit Lounia. Prenons place sur des chaises longues... ET OBSERVONS !

Et toutes les trois, elles attendent...

— Ça risque d'être long avant que le colorant se soit dilué dans toute l'eau, explique 4-Trine.

Le temps passe...

Juste devant elles, un homme plonge dans l'eau…

PLOUCH !

Plus loin, il réapparaît… LA TÊTE TOUTE BLEUE ! Zoé se cache derrière une serviette pour rire. Une femme sort de l'eau par l'escalier. Elle a le corps bleu jusqu'au cou. Autour de la piscine, les gens, étonnés, la pointent du doigt. Le maillot blanc d'une autre personne bien bronzée vient de changer de couleur ! Il est bleu maintenant…

Incapables de se retenir plus longtemps, les trois amies partent en courant vers la plage.

— Je ne pensais pas qu'il était possible de tant rire, dit Zoé, à bout de souffle, appuyée sur ses genoux.

De grandes vagues frappent le sable de la plage.

— VENEZ ! leur crie Lounia. Je vais vous montrer comment plonger dans les vagues…

— MAIS NOUS ALLONS NOUS TUER ! affirme 4-Trine. C'est trop dangereux… Les vagues sont plus hautes et plus grandes que nous…

— Mais non ! SUIVEZ-MOI !

Dans l'eau jusqu'à la taille, elles attendent toutes les trois, main dans la main, la prochaine… GRANDE VAGUE !

— WOOOOOOOH ! OOOOH !

hurle d'effroi Zoé. Il y en a
une qui s'en vient…

31

— À MON SIGNAL, PLONGEZ !

Zoé et 4-Trine demeurent immobiles. La vague de deux mètres roule sur la surface puis se soulève juste devant elles comme un grand tapis bleu et blanc...

— **aH ! nOOOn !** crie Zoé. Je suis vraiment écœurée de décéder au cours de ce voyage...

— MAINTENANT !!! hurle Lounia. PLONGEZ!

Toutes les trois plongent sous l'eau. Comme par magie, la grande vague passe au-dessus de leur dos sans créer le moindre choc. Elles se relèvent et se retournent vers la plage, là où la vague va se casser...

SVOOOOOOCHHHH !

Zoé et 4-Trine se regardent. Leur cœur bat d'excitation...

YAHOOOOUUU !

— UNE AUTRE ! UNE AUTRE ! UNE AUTRE ! crient-elles ensemble...

Des dizaines de vagues plus tard, elles rentrent essoufflées à la chambre où les attend le papa de Zoé... TOUT BLEU !

— Je ne veux pas vous entendre rire, vous trois, fulmine-t-il. Il y a eu un problème à la piscine aujourd'hui...

— Ne t'en fais pas trop, papa, essaie de le rassurer Zoé. Ça ne paraît pas beaucoup...

4-Trine se retourne et met sa main devant sa bouche.

— Moi qui voulais revenir avec un beau bronzage, c'est complètement raté ! J'ai l'air de quoi, là ?

— D'un extraterrestre de la planète Moumoune, chuchote Lounia.

— Il y a une fête costumée ce soir dans la grande salle de bal, lui dit sa femme pour le calmer. Je vais t'attacher une serviette rouge au cou et te dessiner un grand S sur le torse; tu seras alors costumé en...

— JE T'EN PRIE, VALÉRIE, NE PRESSE PAS MES BOUTONS !!! Et il est interdit à quiconque de me prendre en photo...

Plus tard...

Zoé sort de la douche et attrape une serviette. Devant le miroir, elle est tout effrayée d'apercevoir des mots écrits dans la buée...

« Quittez mon île... SINON !!! »

Et c'est signé : le fantôme du pirate Barbe Rousse...

Apeurée, Zoé sort en reculant de la salle de bain. Deux silhouettes drapées de linceul blanc s'approchent d'elle en hurlant comme des revenants...

Zoé trébuche et tombe sur le lit.

Les fantômes éclatent de rire et enlèvent leur linceul.

— 4-TRINE ! LOUNIA ! ESPÈCE DE CONNES ! VOUS N'ÊTES PAS DRÔLES !

— Cesse de chialer ! lui dit son amie. Il y a un concours de châteaux de sable sur la plage…

— Mets ton maillot ! dit Lounia.

En effet, sur la plage, des dizaines de jeunes sont rassemblés pour l'activité.

— Les règlements sont assez simples, explique Frèdou, l'organisateur. Vous avez une heure pour construire le plus majestueux des châteaux de sable. Bien entendu, vous ne devez utiliser que du sable, de l'eau et de petits accessoires tels que coquillages, branches et bouchons de toutes sortes.

— VENEZ ! crie Lounia. Je connais l'endroit parfait. Il y a un petit ruisseau qui passe sur la plage. Ça sera parfait pour faire les douves de notre château.

AU TRAVAIL !

Zoé est chargée de la fabrication du matériel, c'est-à-dire mélanger le sable avec un peu d'eau. Lounia s'occupe du transport du matériel jusqu'à 4-Trine, qui, elle, est responsable d'ériger les remparts et les tours selon le plan qu'elles ont toutes les trois dessiné dans le sable.

— Il nous faut des coquillages ! s'exclame Lounia.

— JE M'EN CHARGE ! dit Zoé.

Zoé aperçoit plusieurs coquillages près des rochers, tout au bord de la mer.

— BON ! voilà. Celui-ci, celui-là. Oh ! qu'il est superbe, celui-là ! Et ce brun-là, à la forme étrange qui, qui… **BOUGE !**

— aaaaaaaHHH ! Un CRaBe !!!

Zoé court rejoindre Lounia.

— Où est 4-Trine ?

— Elle est partie chercher quelque chose pour le château.

TRRRIIIIIIIIIIIIIIIIIIIIIIII !

— C'est le sifflet des juges ! dit Lounia.

— C'est terminé !

— Mais que fait 4-Trine ?

— ÇA Y EST ! crie 4-Trine en arrivant. Il fallait un petit quelque chose de spécial, et j'ai trouvé…

— DES BOUCHONS DE BOUTEILLES DE RHUM ? veut comprendre Zoé. Tu vas faire quoi, avec ça ?

— Regarde la forme qu'ils ont…

— Ils ont la forme de petites couronnes, et puis après ? dit Zoé. Nous n'avons pas de reine ni de roi dans notre château…

— SI ! nous en avons…

4-Trine s'assoit derrière le château et passe ses deux jambes dans l'ouverture des portes. Sous ses deux gros orteils, de drôles de visages sont dessinés.

Lounia comprend tout de suite. Elle prend les deux bouchons puis les dépose sur les deux gros orteils de 4-Trine.

Les juges arrivent soudain devant elles avec leur calepin en main...

Plus tard, dans la grande salle à manger...

— Vous allez m'expliquer, les filles, tient absolument à savoir le père de Zoé, comment vous faites pour réussir, la plupart du temps, tout ce que vous entreprenez.

Au centre de la table trône un grand trophée en forme de... CHÂTEAU !

Le soleil se lève sur une autre belle journée... LA DERNIÈRE DE LEUR VOYAGE !

Devant le petit kiosque de souvenirs du père de Lounia, Zoé et 4-Trine semblent très tristes, car le chariot est complètement... VIDE !

— IL N'Y A PLUS RIEN ! constate 4-Trine, toute dépitée. J'ai fouillé partout... Il n'y a même pas de note pour nous...

— Tu crois qu'elle est partie avec son père visiter sa famille ? demande Zoé. Elle nous avait parlé de cette visite prochaine, là-bas...

— ZUT ET TRIPLE ZUT ! nous n'avons même pas eu le temps de lui dire au revoir.

4-Trine s'assoit lourdement près de Zoé et regarde le ciel. Un long silence s'installe...

Un petit lézard plutôt téméraire arrive devant 4-Trine. Zoé l'aperçoit...

— Nous avons de la visite ! dit Zoé à son amie.

— QUI ? LOUNIA ? s'écrie 4-Trine en cherchant autour d'elle.

— NON ! fait Zoé. LÀ !

Zoé fait un signe avec sa tête. 4-Trine aperçoit le petit lézard, mais ne bronche pas...

— Tu n'as plus peur ?
lui demande Zoé.

— Non !

— Moi non plus !

— C'est vraiment étonnant de voir à quel point ce voyage m'a changée...

— C'est incroyable ! s'étonne aussi Zoé. Tu crois qu'une personne cesse de changer un jour ? Y a-t-il un jour dans la vie de quelqu'un où plus rien ne change et tout reste pareil ?...

Le petit lézard sautille et disparaît dans un feuillage.

— Non ! lui répond 4-Trine. Il y a toujours des choses à apprendre ou à faire. Je pense que c'est ça qui est super...

— Nous partons ce soir. Je crois que nous devrions aller préparer nos valises et envelopper soigneusement notre TONNE de souvenirs...

— L'avion t'effraye encore ?

— Non, pas autant ! Ça va passer ? espère Zoé.

— Je n'aime pas vraiment ce mot-là, avoue 4-Trine, mais je crois que c'est la...

FIN

37

— Pas tout à fait, reprend Zoé. Nous avons encore de la visite…

— Un autre lézard ! marmonne 4-Trine, la tête entre ses épaules.

— NON ! C'EST LOUNIA !

— **LOUNIA !!!**

Elle leur envoie la main et court dans leur direction.

Zoé et 4-Trine bondissent sur leurs jambes et sautent dans ses bras…

— MAIS OÙ T'ÉTAIS ? dit d'un seul trait Zoé.

— NOUS AVONS CRU QUE TU ÉTAIS PARTIE SUR LE CONTINENT ! poursuit 4-Trine.

— C'EST SENSATIONNEL ! Mon père a réussi à trouver une galerie d'art, sur le continent, qui est intéressée par ses œuvres. Nous quittons l'île par bateau, demain matin. Nous allons avoir une superbe maison…

CHOUETTE !!!

— Tout comme vous, c'est ma dernière journée à Coco Momo…

— Alors qu'est-ce qu'on fait aujourd'hui ? veut savoir Zoé, tout excitée.

— Je vais vous emmener dans l'endroit le plus magnifique, le plus extraordinaire que vous n'ayez JAMAIS VU !

YESSSS !!!

— Mais avant, ajoute Lounia, nous devons aller chercher de l'équipement au centre d'activités de l'hôtel… DES *SIRÈNES-SUB* !

Dans un parc tropical qui ne semble plus finir, 4-Trine et Zoé suivent leur amie Lounia, qui, devant elles, marche comme une guide d'une grande aventure. Elle poursuit sa route sur un petit sentier très sinueux qui monte et descend et remonte...

— C'est plus long que de faire le ménage de ma chambre ! se dit Zoé en elle-même. Et puis, il n'y a toujours que des palmiers autour de nous !!! Moi qui n'en avais jamais vu avant de débarquer sur cette île !

De longues minutes passent encore et le sentier s'étend toujours à perte de vue...

— Quand est-ce que nous arrivons ? veut savoir Zoé. JE SUIS PRESQUE MORTE !

— IDEM POUR MOI ! Je commence à être super fatiguée et j'ai très mal aux pieds, lui avoue aussi 4-Trine. Je crois que j'ai perdu deux orteils dans le sentier...

— Bientôt ! leur répond Lounia. Et puis, on ne peut pas être presque mort : on est mort ou on ne l'est pas ! Il n'y a pas de demi-mesure dans ce cas-là...

— BON ! OK ! mais est-ce que c'est possible de faire une indigestion de... PALMIERS, ALORS ? demande Zoé.

Soudain, une douce brise glisse entre les arbres et rafraîchit le visage de Zoé et de 4-Trine, et l'étroit sentier s'élargit sur une magnifique baie. La mer est bleue, des palmiers ocre dansent au son des vagues.

magnifique !

— NE BOUGEZ PLUS ! leur dit tout à coup Lounia.
— QUOI ? crie Zoé, apeurée. IL Y A DES CROCO-DILES ???
4-Trine prend Zoé dans ses bras…

40

— Mais non ! du calme..., les rassure Lounia. Faites-moi confiance, vous n'allez jamais oublier ce moment. Maintenant, enlevez vos sandales, fermez vos yeux... ET ÉCOUTEZ !

Zoé et 4-Trine s'exécutent, ferment leurs yeux et demeurent complètement immobiles, les deux pieds dans le sable. Entre les notes des vagues qui se couchent sur le sable comme de la musique parvient à leurs oreilles... LE BATTEMENT DE LEUR CŒUR !

Zoé ouvre les yeux. Elle voudrait bien dire des milliers de choses, mais rien ne sort de sa bouche.

— Cet endroit s'appelle *Édena*, leur dit Lounia, ce qui veut dire un « endroit où tu peux entendre ton cœur battre »...

41

4-Trine ouvre ses yeux…

— Maintenant, mettez votre masque de plongée et prenez votre *sirène-sub*, nous allons visiter le « palais des poissons »…

— Il y des requins dans ce palais ? demande Zoé.

— **non !** lui répond Lounia. Il y a une barrière de récifs qui empêche les requins de traverser. C'est totalement sans danger…

42

Les trois filles s'approchent de la mer… ET PLONGENT !

WOW !

— Je n'avais jamais vu d'aussi splendides poissons, et d'aussi près, dit d'un trait Zoé, tout excitée.

— C'ÉTAIT MERVEILLEUX ! s'exclame 4-Trine en sortant la tête de l'eau. Il y en avait des centaines !

Sur l'océan se couche lentement le soleil...
— Il faudrait penser à rentrer, dit Zoé, car il commence à se faire tard...

— Et moi, j'ai un peu, **BEAUCOUP** faim, gémit 4-Trine.

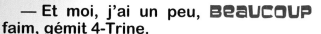

— J'ai des petits trucs à grignoter dans mon sac, leur dit Lounia. Et pour rentrer, mon père a un ami pêcheur à qui j'ai demandé de venir nous chercher. J'ai tout prévu, vous n'aurez pas à marcher pour retourner à l'hôtel.

Zoé et 4-Trine poussent un soupir de soulagement...

Assises sur un rocher, toutes les trois contemplent le merveilleux coucher de soleil rouge, rose et orange...

Quelques minutes passent...

— **OH ZUT** ! fait tout à coup Zoé. UN SOUVENIR ! Nous avons pensé à tout le monde sauf à nous...

— MAIS C'EST VRAI ! constate aussi 4-Trine. Nous ne nous sommes absolument rien acheté. Nous allons revenir... SANS LE MOINDRE PETIT SOUVENIR !

— NON ! dit Lounia, les deux bras tendus vers elles, poings fermés... Moi, j'ai quelque chose pour vous !

Zoé et 4-Trine sourient...

Lounia ouvre ses doigts. À l'intérieur de ses mains...

IL N'Y a RIEN !

Trois jours plus tard, à dans la classe de Zoé et 4-Trine...

Charles retourne s'asseoir à son pupitre après avoir parlé de ses vacances devant tous les élèves.

— Bravo Charles ! le complimente Caroline, sa professeure. Tu as été vraiment intéressant ! Au tour de Zoé et 4-Trine maintenant.

Elles se lèvent toutes les deux et se placent devant les élèves...

— Pour commencer, même si nous étions en congé d'école, nous avons pensé à vous et nous avons rapporté... DES SOUVENIRS À TOUT LE MONDE !

Zoé ouvre un grand sac et verse le contenu sur le pupitre de Caroline. Tous les amis de la classe sont fous de joie à la vue des jolis petits lézards en bois colorés...

— Pour notre professeure, Caroline, dit 4-Trine, nous avons rapporté quelque chose de très spécial... UN COLLIER AVEC UNE VRAIE DENT DE REQUIN !

OOOOHH !

Tous les élèves poussent un d'étonnement, surtout les garçons...

— Eh bien ! je ne sais pas quoi dire, lance Caroline, tout émue. Je cherche mes mots. Et pour vous ? Qu'avez-vous rapporté comme souvenir de votre voyage ?

Tous les élèves se tournent vers elles.

— CECI ! lui répond Zoé.

Zoé et 4-Trine tendent leurs bras, poings fermés, vers leur professeure. Caroline étire le cou. Zoé et 4-Trine ouvrent leurs mains, dans lesquelles il n'y a...

ABSOLUMENT RIEN !

46

— Sur cette île merveilleuse, nous avons rencontré Lounia, une fille vraiment *COOL*, explique 4-Trine. Et juste avant de partir, elle nous a offert, à toutes les deux…, SON AMITIÉ ! Pour toujours…

— Assoyez-vous ! Nous allons tout vous raconter…

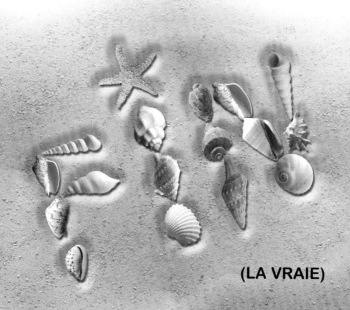

(LA VRAIE)

Retourne ton roman

TÊTE-BÊCHE

pour lire l'histoire de

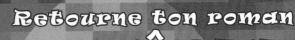

4-Trine

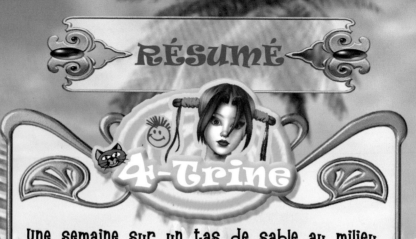

RÉSUMÉ

4-Trine

Une semaine sur un tas de sable au milieu de l'océan... C'EST COMPLÈTEMENT NUL ! Zoé ne veut pas y aller.

IL N'Y AURA ABSOLUMENT RIEN À FAIRE, à part regarder les vagues sous un parasol de paille.

C'EST MOCHE PAS POSSIBLE, ÇA !

Mais voilà, c'est toujours lorsqu'on s'y attend le moins que des choses extraordinaires se produisent. Eh oui ! 4-Trine et Zoé sont loin, très loin de se douter qu'elles rapporteront de ce voyage pas seulement des coquillages, mais aussi... LE PLUS BEAU DE TOUS LES SOUVENIRS !

Créé par Richard Petit

Dépôt légal : Bibliothèque et Archives
nationales du Québec, 1er trimestre 2006

ISBN : 978-2-89595-159-9

Imprimé au Canada

Gouvernement du Québec – Programme de crédit d'impôt
pour l'édition de livres – Gestion SODEC

Boomerang éditeur jeunesse remercie la SODEC
pour l'aide accordée à son programme éditorial.

Nous reconnaissons l'aide financière du gouvernement du Canada
par l'entremise du Programme d'aide au développement
de l'industrie de l'édition (PADIÉ) pour nos activités d'édition.

edition@boomerangjeunesse.com
www.boomerangjeunesse.com

Il était 2 fois...

J'ai un peu le trac !

Bon ! Alors c'est moi qui vais lui expliquer. Il était 2 fois... est un roman TÊTE-BÊCHE, c'est-à-dire qu'il se lit à l'endroit, puis à l'envers.

NON ! NE TE METS PAS LA TÊTE EN BAS POUR LE LIRE... Lorsque tu as terminé une histoire, tu peux retourner le livre pour lire l'autre version de cette histoire. CRAQUANT, NON ? Commence par le côté que tu désires : celui de 4-Trine ou mon côté à moi... Zoé !

J'peux continuer ? BON ! Et aussi, tu peux lire une histoire, et lorsque le texte change de couleur, retourne ton livre. À la même page de l'autre côté, tu vas découvrir des choses...

Deux aventures dans un même livre.

Tu crois qu'elle a capté ?

CERTAIN ! Elle a l'air d'être aussi brillante et géniale que nous...

nous allons commencer par les présentations

ZOÉ

non mais, quelle tête!

4-Trine

Chouchoute du prof!!
ARCHI FAUX!
qui a écrit ce mensonge odieux!
Je vais le dire au prof...
Euh! Laissez faire!

4-trine, avant c'était Catherine...
Elle est la preuve qu'il y a de la vie
sur une autre planète...
BLAGUE

ma meilleure
chumie!

ALEX

Si tu le
trouves
mignon, prends un numéro, car
tu n'es pas la seule...

FRÈRE DE ZOÉ

Bon!
elle...
c'est
notre prof...
Gentille? oui!
Des fois

Capucine
ou le capu
méchante le capu

C'est
la
chatte de...
4-trine!
Tu as deviné à cause
des pics roses
sur sa
tête, hein? AUX GARÇONS!
COOL!

Poupou Vaudée
sert à jeter toutes
sortes de sortilèges:

Poupoulidou
est un petit extraterrestre
qui ne désire qu'une
chose: anéantir la
race humaine...
Mais sa maman ni
veut pas car ce n'est pas
bien!

À **Hoopiville**

l'aéroport…

— Je ne peux pas croire que nous allons nous taper toutes ces heures en avion ! se plaint Zoé, le visage caché entre ses deux mains. Je vais arriver là-bas vieille, toute pleine de rides, comme une grand-mère.

— Cinq heures, ce n'est pas la fin du monde, essaie de la rassurer 4-Trine. Calme-toi…

KEEP COOL !

— Et avec le « décollage horreur », HEIN ! ça fait huit heures, tu sauras, madame qui ne sait pas compter…

— « DÉCALAGE HORAIRE » qu'il faut dire ! Ce que tu peux être nouille quand tu veux ! s'impatiente son amie. Et puis, ça va passer très vite, tu vas voir. Dans l'avion, nous allons bouffer des trucs et il y aura projection d'un film…

— AH OUI ! Je te parie que ce sera un film sur un avion qui s'abîme en pleine mer où tous les survivants du crash se font bouffer par des requins ?

— Je ne peux pas croire que tu aies peur de l'avion à ce point, réalise 4-Trine. C'est une vraie maladie...

Zoé s'assoit sur un banc, découragée.

— Est-ce que ça paraît à ce point ? demande Zoé.

— SI ÇA PARAÎT ??? Bien non ! t'as seulement oublié de mettre une boucle d'oreille, t'as enfilé ton chandail à l'envers et tu portes deux bas pas pareils...

— NON ! NON ! pas du tout, lui répond 4-Trine pour l'encourager.

Soudain, les haut-parleurs de la salle d'embarquement font entendre le message suivant : « Tous les passagers du vol 903 en direction de Coco Momo sont priés de se présenter à la porte 17. »

Zoé lève la tête en direction de son amie 4-Trine.

— ÇA Y EST ! dit-elle dans une grimace qui lui déforme complètement le visage. C'est ici que nous allons mourir...

— Non mais, tu es complètement pénible quand tu veux. *DONNE-MOI LA MAIN !* L'avion est le moyen de transport le plus sécuritaire qui existe. Si nous mourons, je te promets de m'excuser et de dire que tu avais entièrement raison...

— N'importe quoi, pourvu qu'elle se calme les nerfs. Ce n'est pas possible…

— Excuse-moi de te demander pardon, cherche à comprendre Zoé, mais si l'avion s'écrase…

— STOP ! ARRÊTE ! Je sens que je vais piquer une crise ! Je ne veux plus entendre les mots « mourir », « écrasement » ou « requin » pendant tout le reste du voyage. EST-CE QUE TU AS CAPTÉ ? Tu vas gâcher les vacances de tout le monde…

Zoé regarde sa mère qui, devant elle, remet son billet d'embarquement au préposé. Sa mère lui lance un magnifique sourire.

— C'EST PARTI !

— OUI ! Han ! han ! fait Zoé, son cœur battant la chamade. Une personne n'est plus libre d'avoir peur, aujourd'hui…

Sur son siège, Zoé étire le cou pour observer ses parents assis complètement à l'avant avec Isabelle, la mère de 4-Trine. Elle jette ensuite un coup d'œil à l'extérieur, par le hublot.

— C'EST INCROYABLE ! Les gens sont si petits qu'on dirait des fourmis…

— *Ce sont* des fourmis, car nous n'avons pas encore décollé, lui précise 4-Trine.

TSOIN ! TSOIN !

Les moteurs vrombissent et soulèvent très vite l'avion à des milliers de mètres dans les airs. Zoé a l'impression que son cœur a changé de place au cours du décollage… IMPOSSIBLE !

CINQ HEURES DE VOL ! C'est un peu long. Alors, pour t'éviter de lire des pages et des pages où il ne se passe à peu près rien, nous allons avancer le temps de plusieurs heures, enfin, jusqu'à l'arrivée sur l'île Coco Momo.

IMPORTANT !

Il est très dangereux et fortement décon-seillé d'essayer d'avancer le temps à la maison… OU À L'ÉCOLE !
Cette cascade ne peut être réalisée que par des auteurs professionnels
et expérimentés…
MERCI !

L'avion descend vers la piste d'atterrissage. Zoé serre fortement la main de son amie 4-Trine sur le bras de son siège lorsque les roues touchent le sol.

Zoé pousse un long soupir…
— OOOOOUFF !
… sans toutefois lâcher la main de 4-Trine, qu'elle serre toujours très fort.
— Euh ! fait son amie, je peux ravoir ma main ?
— OUPS ! pardon…
Aussitôt l'avion arrêté, les passagers se lèvent et se ruent vers la sortie. Zoé attrape 4-Trine par la ceinture pour éviter qu'elles soient séparées dans la cohue. Hors de l'avion, les deux pieds sur l'escalier d'accès, elles sont toutes les deux saisies par la chaleur et les rayons du soleil.
— WOW ! hurle de joie Zoé. UN PALMIER !!! C'est mon premier palmier… IL EST MAGNIFIQUE !
— Tu n'avais jamais vu de vrai palmier avant ? s'étonne son amie.
— À la télé et au Jardin botanique, mais c'est tout !

Près de l'entrée de l'aéroport, le très grand arbre courbé porte d'immenses noix de coco et semble souhaiter la bienvenue à tout le monde.

— ÇA, lui dit 4-Trine, c'est pour moi le signe des vacances...

Devant le tapis roulant du débarcadère, 4-Trine, les mains sur les hanches, paraît exaspérée...

— Veux-tu m'expliquer, s'il te plaît, demande-t-elle à sa mère, pourquoi et par quel phénomène étrange c'est toujours ma valise qui sort la dernière de la soute lorsque nous voyageons ? Tous les voyageurs ont récupéré la leur sauf moi. C'est comme si mes vêtements étaient affligés d'une sorte de « malédiction de la mode ». S'il y a des sorciers vaudou sur cette île, je fais tout exorciser...

— Moi, je pense que si tu portais des vêtements normaux, sur lesquels il n'y a ni tête de squelette ni flammes de l'enfer, ça ne t'arriverait pas...

— NON MAIS, REGARDE-MOI DEUX SECONDES ! J'ai l'air normale, moi ?

La mère de 4-Trine regarde sa fille et cherche à comprendre où elle veut en venir...

— NON ! Alors tu vois, je ne peux pas porter la même chose que les autres. Je ne suis pas normale ! Et puis d'ailleurs, qui veut être comme tout le monde ? PAS MOI EN TOUT CAS ! Je suis spéciale...

La valise très colorée de 4-Trine traverse les rideaux noirs et arrive enfin devant elle.

Dans
le hall de l'aéro-
port, 4-Trine aperçoit
Zoé à l'extérieur qui part
dans un taxi.

Sa mère sort et se précipite vers une automobile jaune très rouillée. Elle ouvre la portière.

— Qu'est-ce que c'est que ce truc ? lui demande 4-Trine. Les anciens vestiges d'une automobile aztèque ?

— EMBARQUE ! VITE ! insiste sa mère.

— POUAH ! se plaint-elle en s'assoyant sur la banquette arrière. Ça sent l'essence mélangée à de la noix de coco. En plus, il y a plein de trous partout...

— HÔTEL À GOGO, S'IL VOUS PLAÎT !

— Coco Momo, hôtel à Gogo, marmonne 4-Trine en ouvrant sa bande dessinée. Il y a abus de la lettre *O* sur cette île. Est-ce que les gens savent qu'il y a d'autres voyelles dans l'alphabet, du genre *A, E, I, U* et *Y* ?...

Poupoulidou PART 9

À 40 000 000 000 DE BLIPUS DE LA TERRE, SUR UNE DES PLANÈTES DE POUPOULIDIA...

MAMAN !
JE M'EN VAIS JOUER AVEC MES AMIS...
LES TERRIENS !

MAIS IL NE FAUT PAS PRENDRE MAMANLIDOU POUR PLUS CONNE QU'ELLE EN A L'AIR...

CE N'EST PAS UNE **NOUILLE** CONTRAIREMENT À CE QUE PENSE SON EX... ELLE SAIT TRÈS BIEN QUE SON FILS, POUPOULIDOU, DÉTESTE LES TERRIENS.

NOUS DEVONS AVOIR UNE DISCUSSION, MON FILS...

ELLE AVAIT RAISON. L'INSTINC D'UNE MÈRE, C'EST FORT EN TITI...

MAMANLIDOU N'A PLUS LE CHOIX... ELLE DOIT ENLEVER DE LA TÊTE DE POUPOULIDOU CETTE IDÉE NOIRE DE DÉTRUIRE LA TERRE...

NE BOUGE PAS !

UNE FOIS POUR TOUTES !

Dans le corridor de l'hôtel, Zoé aperçoit 4-Trine qui sort de sa chambre. Zoé court vers elle.

— Tu as vu ? lui montre-t-elle.

Elle ouvre sa main remplie de pièces de monnaie.

— J'ai tout plein de fric ! Mes parents m'ont donné tout cela !

WAOUH !

— T'as combien là ? veut savoir 4-Trine.

— J'ai dix-huit mille santos !

— DIX-HUIT MILLE ! s'étonne 4-Trine. Ça fait combien en dollars ? On peut s'acheter des scooter ?

— Je ne sais pas trop, mais mon père m'a dit que nous en avions assez pour nous acheter chacune un cola…

— SEULEMENT UN COLA ! Mais c'est ridicule…

— Peut-être que les colas valent une fortune sur cette île…, pense Zoé.

— Moi, je pense que l'argent, ici, ne vaut pas grand-chose…

— Qu'est-ce qu'on fait maintenant ?

— RIEN ! Il paraît que nous sommes ici pour cela, répond 4-Trine. C'est ce que ma mère m'a dit…

— Moi, je ne comprends pas. Nous aurions pu « rien faire » à Woopiville. Pourquoi venir ici pour… « RIEN FAIRE » ??? Il n'y a même pas de canal de films à la télé.

— OUAIS ! s'étonne 4-Trine. Je ne comprends pas pourquoi nous avons une *zappette*, car il n'y a qu'une seule chaîne, tout embrouillée, avec un monsieur qui cause dans une langue que je n'arrive pas à comprendre…

— CORRECTION ! Il y a deux chaînes : celle du monsieur à moustache qui parle bizarrement et une autre où il n'y a que de la neige...

— CHOUETTE !!! gémit 4-Trine. Ça promet, comme divertissement...

À la réception de l'hôtel, les filles s'approchent du préposé debout derrière un comptoir en bambou.

— Euh ! oui ! pardon, monsieur, fait timidement Zoé. Quelle direction, la plage ?

L'homme, de toute évidence, n'a rien compris. Il tend l'oreille et se penche pour se rapprocher de Zoé.

— Ké ! ka ! euh ! plage ! essaie à nouveau Zoé.

Le préposé crispe les yeux et ne comprend toujours pas. Zoé se tourne vers son amie.

— Comment dit-on « plage » en égyptien ?

— Je ne sais pas, et puis, tu n'es vraiment pas en Égypte, ici...

— Alors quelle langue parlent-ils ?

— AUCUNE IDÉE ! Tout ce que je sais, c'est qu'ils utilisent beaucoup de O...

Zoé se retourne vers le préposé et s'excuse auprès de lui par des gestes.

14

— Nous allons vraiment avoir un *FUN FOU* ici, songe-t-elle. Pas de télé, pas moyen de discuter avec personne...

Hors de l'hôtel, sous le ciel magnifique, des gens déambulent en maillot. Plusieurs femmes, des fleurs dans les cheveux, marchent lentement autour de la piscine au contour sinueux.

Très moqueuse, 4-Trine sourit à Zoé. Ensuite, pour imiter les dames, elle tend son bras pour saisir une fleur. Mais lorsqu'elle touche une tige, un petit lézard vert limette saute sur sa main et disparaît ensuite dans le bosquet... AAAAAAAAAH !

Effrayées, Zoé et 4-Trine s'enfuient dans des directions différentes.

15

S a n s regarder derrière elle, 4-Trine court entre les palmiers et arrive face à face avec sa mère, qui l'arrête.

— QU'EST-CE QUI SE PASSE ? Tu as l'air complètement terrorisée...

— ZOÉ ET MOI, À PEINE AVONS-NOUS MIS LE PIED DEHORS QUE NOUS AVONS ÉTÉ... ATTAQUÉES !

— ATTAQUÉES ! s'étonne sa mère. PAR QUI ?

— NON ! PAR QUOI ! Une bête énorme, que dis-je... UN DINOSAURE ! Nous sommes tombées sur l'île du Parc jurassique...

Sa mère éclate de rire.

16

— HA! HA! HA! t'es complètement mignonne ! Ce ne sont que
d'inoffensifs petits lézards. Il y en a
partout ici, tu sais.

— Ils sont carnivores ?

— Tu écoutes vraiment trop de films, essaie de la
rassurer sa mère. Ils sont INSECTIVORES, ils ne
mangent que des insectes. Ça aussi, tu vas en ren-
contrer pas mal sur cette île.

— DES BIBITTES !!!

4-Trine ferme les yeux et se pince le bras.

— Qu'est-ce que tu fais ? demande alors sa mère,
confuse.

— Je sais ! bredouille 4-Trine. Ce n'est qu'un cau-
chemar, et je vais me réveiller...

— Tu dis n'importe quoi ! J'te laisse. Moi, je veux
profiter de mes vacances. N'oublie pas qu'à midi, il y
a un buffet près de la piscine... et les dinosaures vont
sûrement t'attendre là-bas ! lui lance sa mère.

— Tu n'es pas drôle... TU SAURAS !!! hurle-t-elle à
sa mère qui s'éloigne, serviette de plage sous le
bras...

— **BOUH!** hurle Zoé en attrapant les épaules de son amie.

4-Trine sursaute légèrement.

— **aïe** !

— Est-ce que tu sais de quoi tu as l'air avec tes sandales sur ta tête comme ça ?

— J'ai vu des tas de trucs ramper autour de la piscine et je ne veux pas me retrouver avec une de ces saletés entre les orteils…

4-Trine regarde Lounia, puis Zoé…

— Tu me présentes ?

— AH OUI ! fait Zoé, qui retrouve enfin ses bonnes manières.

— 4-Trine, je te présente Lounia. Lounia, voici 4-Trine. Ma meilleure « chumie ».

— Salut ! font-elles en même temps.

Zoé leur sourit.

— Lounia s'occupe du kiosque de souvenirs de son père. C'est un grand artiste. Viens voir ce qu'il fabrique…

Devant le kiosque, 4-Trine ne peut s'empêcher de toucher à tout.

— OH ! lâche-t-elle lorsqu'elle aperçoit les petits lézards en bois. Nous allons en prendre vingt-sept ! s'exclame-t-elle tout à coup. J'en veux de toutes les couleurs. CELUI-CI ! Et celui-là…

— mais tu n'es pas à moitié folle, tu l'es complètement ! Pourquoi autant ?

— RAPPELLE-TOI ! Caroline, notre prof, a demandé à tous les élèves de rapporter un souvenir de leurs vacances, car chacun aura à en parler devant les autres. Ça va compter pour *full* de points dans le bulletin. Si nous rapportons des lézards à tous nos amis, nous serons, encore une fois... LES PLUS *HOT* DE LA CLASSE !

— Et nous aurons la plus haute note...

— C'est mon père qui va être content de constater que j'ai presque tout vendu ses lézards, se réjouit Lounia.

— Les copains de classe fous de joie, ton père content, le soleil qui brille... QUE LA VIE EST BELLE, BELLE, BELLE !!!

— Vous êtes ici, à Coco Momo, pour longtemps ? leur demande Lounia. Des semaines ? NON, dites-moi que vous êtes ici pour des années !!!

— Des jours, en fait ! lui répond Zoé. Sept pour être précise...

— SEPT JOURS ! s'exclame alors Lounia. Nous n'avons donc pas une minute à perdre. Il y a des tas de choses à faire sur cette île. Premièrement, ce soir, il y a le concours « princesse de Coco Momo ».

— « PRINCESSE DE COCO MOMO » ? répète

19

4-Trine. C'est quoi, ce titre de noblesse ? Il y a de la monarchie sur ton île ?

— Chaque samedi, lorsque les vacanciers arrivent, il y a la grande fête de la mer où est couronnée une princesse. Seules les jeunes filles aux yeux bleus comme la mer ont le droit de participer, comme...

— ZOÉ ! fait 4-Trine en se tournant vers son amie.

— Nous allons transformer Zoé en princesse exotique. Tout d'abord, je vais te montrer à danser comme une vague dans la mer.

— J'ADORE DANSER ! s'exclame Zoé, tout excitée...

— En plus, je crois que nous avons la même taille, remarque Lounia. J'ai une robe d'un bleu majestueux parfaite pour l'occasion. Mais avant tout, voici ce que nous allons faire...

Couchée sur le ventre sur son lit, 4-Trine pitonne sur la *zappette* de la télé.

— BON ! qu'est-ce que j'écoute ? La neige ou le monsieur à moustache qui parle bizarrement ?...

Dans la salle de bain, sa mère se prépare pour la soirée de la fête du volcan.

— Qu'est-ce que tu as fait aujourd'hui, ma puce ? lui demande-t-elle. À part ta rencontre avec ton nouveau petit copain... LE LÉZARD !

Elle
sort la tête et sourit à sa fille d'une façon très moqueuse.

— PFOU ! fait 4-Trine, insultée. Tu sais maman, j'ai une amie qui connaît très bien le monsieur à moustache de la télé. Si tu veux, nous pouvons te le présenter...

— Tu fais ça et je cache un lézard sous tes couvertures...

— **nooooon** ! hurle 4-Trine en grimaçant de dégoût.

— Où est passé ce foutu fard à joues ? 4-TRINE, est-ce que tu as touché à des choses dans ma trousse de maquillage ?

— JAMAIS ! répond-elle d'une façon plutôt étrange.

OH LÀ LÀ ! LE GROS MENSONGE...

Elle pousse le petit contenant dans sa poche pour s'assurer qu'il est bien caché.

— Tu me connais ! JAMAIS je ne mettrais des couleurs de vieilles dames sur mon visage...

— TANT PIS ! J'y vais comme cela... À TANTÔT !

La porte se referme, et 4-Trine roule aussitôt sur le lit jusqu'au téléphone.

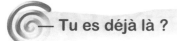

— ALLÔ ! Chambre de la future princesse de Coco Momo, répond Lounia.

— Tu es déjà là ?

— OUI ! et toi, tu as ce qu'il faut ?

— OUI ! un fard à joues… TRÈS, TRÈS BRILLANT ! Pour Sa Majesté…

— Alors viens vite nous rejoindre dans la chambre de Zoé ! La fête est commencée…

Sur un balcon de la salle de spectacles…
— Tu es en beauté ce soir, Isabelle, complimente le père de Zoé à la mère de 4-Trine alors qu'elle prend place près de sa femme.
— Allô, Valérie ! J'ai manqué quelque chose ?
— Il va y avoir le couronnement d'une jeune princesse ce soir, et les candidates au titre doivent danser sur la scène. C'est absolument majestueux !
— Mais où sont les filles ? demande le père de Zoé.
— Et puis pourquoi n'ont-elles pas voulu participer ? questionne Isabelle. Ç'aurait été vraiment amusant de les voir danser sur la scène.
— Il n'y a que Zoé qui aurait pu participer, explique Valérie. Seules les jeunes filles aux yeux couleur de la mer courent la chance de devenir princesse…

— C'est vraiment dommage pour Zoé. En plus, elles manquent toutes les deux le spectacle…

Sur la scène, c'est maintenant le tour de la dernière participante. Des flambeaux crépitent et un grand silence s'installe lorsqu'une trappe dans le sol s'ouvre. Dans la pénombre, la silhouette noire aux bras tendus vers le ciel reste immobile.

Sous d'assourdissants coups de tam-tam, BOUM ! BOUM ! BOUM ! et dans une gestuelle très gracieuse, la jeune fille, éclairée par tous les projecteurs, se retourne vers l'assistance. Tous les spectateurs sont stupéfiés par ses yeux d'un bleu très lumineux…

— ZOÉ ! font en même temps ses parents lorsqu'ils la reconnaissent.

4-Trine et Lounia arrivent près de leur balcon. Isabelle sourit à sa fille lorsqu'elle lui montre son pouce en signe de victoire.

Zoé, dans une souplesse et une grâce dignes d'une grande ballerine, danse et subjugue la foule.

Sa chorégraphie parfaite séduit tout le monde, même les membres du jury.

La foule hurle son appréciation.

OUUUUH ! BRAVO !

Sur la scène, après sa performance, elle attend nerveusement avec les autres participantes.

Le président du jury s'approche du microphone...

— Le titre de princesse de la mer est décerné ce soir à une jeune fille dont la beauté des yeux nous fait oublier les étoiles... VENEZ CHERCHER VOTRE COURONNE, PRINCESSE ZOÉ !!!

YAHOOOUUU !

Sur le balcon, on se saute dans les bras les uns les autres...

Après le spectacle...

Sur la piste de danse, sous les palmiers, 4-Trine, Zoé et Lounia font la fête, et tous les garçons désirent danser avec elles...

Une splendide journée s'annonce.

Les premiers rayons du soleil percent l'horizon et frappent 4-Trine en plein visage.

Lentement, elle ouvre un œil... PUIS SAUTE DE SON LIT !

Vêtements enfilés, elle quitte l'hôtel et court dans le passage bordé de palmiers jusqu'au kiosque de Lounia.

— Allô, 4-Trine...

— SALUT Lounia ! Qu'est-ce qu'on fait aujourd'hui ? Où allons-nous nous baigner ? Dans la mer ? Dans la piscine ? C'est une journée magnifique...

— Je dois tout d'abord aider mon père, lui explique Lounia. Lorsque j'aurai vendu quelques souvenirs, je pourrai faire des activités avec vous...

— Pas question ! s'oppose vivement 4-Trine. Tu es notre *G.O.*, notre gentille organisatrice, et nous avons besoin de toi. Mais si tu as besoin de clients, ne bouge pas, je vais arranger cela...

De retour dans sa chambre d'hôtel...

— Maman ! c'est le temps de faire du shopping, et je connais le meilleur endroit de toute l'île pour acheter des souvenirs... VIENS !

4-Trine frappe à la porte de la chambre des parents de Zoé. Son amie répond en pyjama... COURONNE À LA TÊTE !

— Habille-toi, Sa Majesté ! Lounia a besoin de nous... ET DE TES PARENTS !

Derrière son kiosque, Lounia remplit de grands sacs.

— Tu as pensé à grand-père Mathieu ? demande 4-Trine à sa mère. Il ADORE les singes ! Celui-ci, en ébène, sera superbe sur sa table de salon.

— Est-ce que je peux acheter un petit quelque

chose à Caroline, ma professeure ? Il faut penser aux autres aussi, c'est toi qui le dis toujours...
— Regarde ce collier avec... UNE VRAIE DENT DE

 lui montre Lounia.

— **WOW !** ça va impressionner les autres élèves... Le père de Zoé acquiesce.
— Est-ce que nous pouvons aller manger mainte-nant ? supplie Isabelle. J'ai une faim de... de...
— REQUIN ! ajoute sa fille, 4-Trine.
Tous se mettent à rire...

Dans une immense hutte au toit en chaume, des dizaines de per-sonnes déambulent assiette en main devant les réchauds.
— Comment ça marche et combien ça coûte ? veut savoir Zoé.
— C'EST GRATOS ! lui répond son père. GRA-TUIT ! Tout est inclus ici. Vous pouvez manger n'im-porte quoi...
Zoé et 4-Trine se regardent, éberluées...
— À vous en rendre malades ! ajoute Lounia. Mais ça, je ne vous le conseille pas.

Tous partent dans des directions différentes...

4-Trine fait le tour des réchauds. De petites affi-ches indiquent aux clients ce que contiennent les plats.
— Bacon, j'en veux. Saucisses, je prends. Crêpes, beaucoup... Viande de lézard...
Son visage se crispe de dégoût...

répète-t-elle.

Elle réfléchit un peu, puis sourit…

— NON ! je ne peux tout de même pas jouer ce tour à Zoé et lui faire manger ça ?

Un rapide coup d'œil alentour et elle aperçoit son amie qui rit avec Lounia…

OH ! OH !

— Ces deux-là manigancent quelque chose…

4-Trine, telle une espionne, s'approche et écoute…

Après avoir entendu leur conversation, elle s'accroupit derrière un comptoir…

— Ah ! c'est comme ça…

De retour autour de la grande table…

— Bon appétit tout le monde, souhaite 4-Trine.

Près d'elle…

— Hmmmmmmm ! fait Lounia pour attirer son attention…

— Qu'est-ce que c'est ? demande 4-Trine, curieuse.

— C'est du pikamiou ! lui répond Lounia en faisant un clin d'œil à Zoé. GOÛTE ! Tu verras, c'est extra délicieux… C'est un mets typique de mon pays !

4-Trine met le petit morceau tordu dans sa bouche.

— C'est un peu caoutchouteux ! dit-elle.

— Qu'est-ce que ça veut dire, *pikamiou*, en français ? demande la mère de Zoé.

— PIEUVRE ! répond Lounia en souriant.

À côté d'elle, 4-Trine cesse de mastiquer… ET COURT VERS LA SALLE DE BAIN !

Zoé et Lounia s'esclaffent.

Le père de Zoé sourit aussi …

— Les voyages forment la jeunesse, dit-il. C'est ça qui est bien. Maintenant, ton amie 4-Trine ne dira plus jamais que le brocoli, c'est complètement dégueu …

De retour à la table, 4-Trine sourit à son amie Zoé…

— Tu n'es pas frustrée, j'espère ? lui demande-t-elle.

— Meeeuuh non ! lui dit 4-Trine, toute souriante. Je suis capable de rire des mauvais tours que l'on peut me jouer, moi…

Zoé regarde Lounia en signe d'incompréhension…

— OUI ! je vous ai entendues, toutes les deux, là-bas près du comptoir. Je ne l'ai pas vraiment mis dans ma bouche, le morceau de pieuvre. Il est toujours dans mon assiette, regardez ! Par contre, j'ai réussi à mélanger de la VIANDE DE LÉZARD à tes œufs brouillés lorsque le cuisinier avait le dos tourné…

Zoé grimace, se lève et court à son tour vers les toilettes…

4-Trine fait un clin d'œil à Lounia.

— Mais non ! je n'ai pas fait cela. C'est juste pour lui donner une leçon.

Lounia regarde 4-Trine et hoche la tête en souriant.

— Vous êtes complètement DANGEREUSES, toutes les deux…

— Tu sais, ajoute 4-Trine, je me fais peur à moi-même des fois…

4-Trine pique avec sa fourchette dans son assiette

28

et met dans sa bouche, sans s'en rendre compte...
LE MORCEAU DE PIEUVRE !

Tout le monde cesse de mastiquer et la regarde
d'un air dégoûté...

4-Trine soulève les épaules...

— BAH ! ce n'est pas si mauvais que ça...

BEURK !

Autour de la piscine, Zoé, 4-Trine et Lounia se pro-
mènent. Plusieurs personnes reconnaissent Zoé la
princesse et lui sourient...

COOL !

— Ce sont tous vos loyaux sujets, Majesté, lui dit
Lounia. L'île est votre royaume...

Une vieille dame coiffée d'un casque de bain
égayé d'une tortue en plastique s'approche de Zoé...

4-Trine murmure quelque chose à l'oreille de
Lounia...

MÉGA IDÉE !

— J'ai une idée sordide et j'ai besoin de ton aide.

— Quoi ? demande Lounia. Qu'est-ce que tu veux
que je fasse ?

— Tu connais tout le monde ici ? À la cuisine
aussi ?

— Oui ! Chico est un ami perso, il est plongeur...

— C'EST PARFAIT !

— Désolée de vous interrompre, s'excuse 4-Trine
auprès de Zoé et de la dame, mais nous devons vous
quitter quelques minutes, nous avons quelque chose
de très urgent à faire.

Zoé fait non très discrètement avec sa tête...

— C'est très bien pour son développement perso de se faire de nouvelles amies... HI ! HI ! HI !

— Nous allons revenir dans quelques instants, ajoute 4-Trine. Attends-nous ici... NE BOUGE PAS !

Prise avec la vieille dame, Zoé soulève ses lunettes et grimace à 4-Trine.

Quelques trop longues minutes plus tard, 4-Trine et Lounia reviennent.

Zoé n'est pas très contente...

— Tu me laisses une autre fois dans ce genre de situation et je t'étripe...

KEEP COOL ! Tu vas rire.

— C'est quoi, cette bouteille ?

— C'est du colorant alimentaire hyper concentré ! lui répond Lounia. À la cuisine, ils s'en servent surtout pour colorer les garnitures des gâteaux...

— Et vous allez faire quoi, avec ce truc ? LE BOIRE ? Vous allez avoir toute la langue bleue...

Zoé saisit soudain leurs intentions.

— Vous n'allez pas verser le contenu de cette bouteille... DANS LA PISCINE ?

Lounia et 4-Trine font toutes les deux oui de la tête...

Zoé, elle, fait non, mais sourit...

4-Trine regarde autour d'elle. PERSONNE NE L'OBSERVE ! Elle s'approche... ET VERSE TOUTE LA BOUTEILLE DANS L'EAU !

— Le spectacle va commencer, dit Lounia. Prenons place sur des chaises longues... ET OBSERVONS !

Et toutes les trois, elles attendent...

— Ça risque d'être long avant que le colorant se soit dilué dans toute l'eau, explique 4-Trine.

Le temps passe...

30

Juste devant elles, un homme plonge dans l'eau...

PLOUCH !

Plus loin, il réapparaît... LA TÊTE TOUTE BLEUE !
Zoé se cache derrière une serviette pour rire. Une
femme sort de l'eau par l'escalier. Elle a le corps bleu
jusqu'au cou. Autour de la piscine, les gens, étonnés,
la pointent du doigt. Le mailot blanc d'une autre personne bien bronzée vient de changer de couleur ! Il
est bleu maintenant...

Incapables de se retenir plus longtemps, les trois
amies partent en courant vers la plage.

— Je ne pensais pas qu'il était possible de tant
rire, dit Zoé, à bout de souffle, appuyée sur ses
genoux.

De grandes vagues frappent le sable de la plage.

— VENEZ ! leur crie Lounia. Je vais vous montrer
comment plonger dans les vagues...

— MAIS NOUS ALLONS NOUS TUER ! affirme
4-Trine. C'est trop dangereux... Les vagues sont plus
hautes et plus grandes que nous...

— Mais non ! SUIVEZ-MOI !

Dans l'eau jusqu'à la taille, elles attendent toutes
les trois, main dans la main, la prochaine... GRANDE
VAGUE !

— WOOOOOOOH ! OOOOH !
hurle d'effroi Zoé. Il y en a
une qui s'en vient...

— À MON SIGNAL, PLONGEZ !

Zoé et 4-Trine demeurent immobiles. La vague de deux mètres roule sur la surface puis se soulève juste devant elles comme un grand tapis bleu et blanc...

— ÇA Y EST ! se dit 4-Trine. C'EST ICI QUE NOUS MOURONS !

— MAINTENANT !!! hurle Lounia. PLONGEZ!

Toutes les trois plongent sous l'eau. Comme par magie, la grande vague passe au-dessus de leur dos sans créer le moindre choc. Elles se relèvent et se retournent vers la plage, là où la vague va se casser...

Zoé et 4-Trine se regardent. Leur cœur bat d'excitation...

— UNE AUTRE ! UNE AUTRE ! UNE AUTRE ! crient-elles ensemble...

Des dizaines de vagues plus tard, elles rentrent essoufflées à la chambre où les attend le papa de Zoé... TOUT BLEU !

— Je ne veux pas vous entendre rire, vous trois, fulmine-t-il. Il y a eu un problème à la piscine aujourd'hui...

— Ne t'en fais pas trop, papa, essaie de le rassurer Zoé. Ça ne paraît pas beaucoup...

4-Trine se retourne et place sa main devant sa bouche.

— Moi qui voulais revenir avec un beau bronzage, c'est complètement raté ! J'ai l'air de quoi, là ?

32

— D'un extraterrestre de la planète Moumoune, chuchote Lounia.

— Il y a une fête costumée ce soir dans la grande salle de bal, lui dit sa femme pour le calmer. Je vais t'attacher une serviette rouge au cou et te dessiner un grand *S* sur le torse; tu seras alors costumé en...

— JE T'EN PRIE, VALÉRIE, NE PRESSE PAS MES BOUTONS !!! Et il est interdit à quiconque de me prendre en photo...

Plus tard...

— J'entends la douche, dit 4-Trine à Lounia. Nous allons faire peur à Zoé.

Sans faire de bruit, elles entrent par la porte du balcon jusqu'à la salle de bain. Sur le miroir, 4-Trine écrit un message, puis va vers le lit avec Lounia pour prendre... LES DEUX DRAPS BLANCS !

Apeurée, Zoé sort en reculant de la salle de bain. Deux silhouettes drapées de linceul blanc s'approchent d'elle en hurlant comme des revenants...

Zoé trébuche et tombe sur le lit.

Les fantômes éclatent de rire et enlèvent leur linceul.

— 4-TRINE ! LOUNIA ! ESPÈCE DE CONNES ! VOUS N'ÊTES PAS DRÔLES !

— Cesse de chialer ! lui dit son amie. Il y a un concours de châteaux de sable sur la plage...

— Mets ton maillot ! dit Lounia.

En effet, sur la plage, des dizaines de jeunes sont rassemblés pour l'activité.

— Les règlements sont assez simples, explique Frèdou, l'organisateur. Vous avez une heure pour construire le plus majestueux des châteaux de sable. Bien entendu, vous ne devez utiliser que du sable, de l'eau et de petits accessoires tels que coquillages, branches et bouchons de toutes sortes.

C'EST PARTI !

— VENEZ ! crie Lounia. Je connais l'endroit parfait. Il y a un petit ruisseau qui passe sur la plage. Ça sera parfait pour faire les douves de notre château.

AU TRAVAIL !

Zoé est chargée de la fabrication du matériel, c'est-à-dire mélanger le sable avec un peu d'eau. Lounia s'occupe du transport du matériel jusqu'à 4-Trine, qui, elle, est responsable d'ériger les remparts et les tours selon le plan qu'elles ont toutes les trois dessiné dans le sable.

— Il nous faut des coquillages ! s'exclame Lounia.

— JE M'EN CHARGE ! dit Zoé.

— C'est très bien, mais il manque un petit quelque chose, constate 4-Trine.

— DES COQUILLAGES ! lui rappelle Lounia. Zoé est partie en chercher.

34

— Non ! autre chose...
4-Trine se gratte la tête...
— JE SAIS ! fait-elle tout à coup. JE REVIENS !
— DÉPÊCHE-TOI ! IL NE RESTE QUE QUELQUES MINUTES...

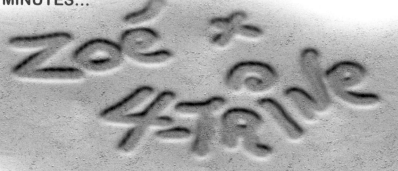

— ÇA Y EST ! crie 4-Trine en arrivant. Il fallait un petit quelque chose de spécial, et j'ai trouvé...
— DES BOUCHONS DE BOUTEILLES DE RHUM ? veut comprendre Zoé. Tu vas faire quoi, avec ça ?
— Regarde la forme qu'ils ont...
— Ils ont la forme de petites couronnes, et puis après ? dit Zoé. Nous n'avons pas de reine ni de roi dans notre château...
— SI ! nous en avons...
4-Trine s'assoit derrière le château et passe ses deux jambes dans l'ouverture des portes. Sous ses deux gros orteils, de drôles de visages sont dessinés.
Lounia comprend tout de suite. Elle prend les deux bouchons puis les dépose sur les deux gros orteils de 4-Trine.
Zoé place rapidement les coquillages partout.

Les juges arrivent soudain devant elles avec leur calepin en main...

Plus tard, dans la grande salle à manger...

— Vous allez m'expliquer, les filles, tient absolument à savoir le père de Zoé, comment vous faites pour réussir, la plupart du temps, tout ce que vous entreprenez.

Au centre de la table trône un grand trophée en forme de... CHÂTEAU !

Le soleil se lève sur une autre belle journée... LA DERNIÈRE DE LEUR VOYAGE !

Devant le petit kiosque de souvenirs du père de Lounia, Zoé et 4-Trine semblent très tristes, car le chariot est complètement... VIDE !

— IL N'Y A PLUS RIEN ! constate 4-Trine, toute dépitée. J'ai fouillé partout... Il n'y a même pas de note pour nous...

— Tu crois qu'elle est partie avec son père visiter sa famille ? demande Zoé. Elle nous avait parlé de cette visite prochaine, là-bas...

— ZUT ET TRIPLE ZUT ! nous n'avons même pas eu le temps de lui dire au revoir.

4-Trine s'assoit lourdement près de Zoé et regarde le ciel. Un long silence s'installe...

Un petit lézard plutôt téméraire arrive devant 4-Trine. Zoé l'aperçoit...

— Nous avons de la visite ! dit Zoé à son amie.

— QUI ? LOUNIA ? s'écrie 4-Trine en cherchant autour d'elle.

— NON ! fait Zoé. LÀ !

Zoé fait un signe avec sa tête. 4-Trine aperçoit le petit lézard, mais ne bronche pas...

— Tu n'as plus peur ?
lui demande Zoé.

— Non !

— Moi non plus !

— C'est vraiment étonnant de voir à quel point ce voyage m'a changée...

— C'est incroyable ! s'étonne aussi Zoé. Tu crois qu'une personne cesse de changer un jour ? Y a-t-il un jour dans la vie de quelqu'un où plus rien ne change et tout reste pareil ?...

Le petit lézard sautille et disparaît dans un feuillage.

— Non ! lui répond 4-Trine. Il y a toujours des choses à apprendre ou à faire. Je pense que c'est ça qui est super...

— Nous partons ce soir. Je crois que nous devrions aller préparer nos valises et envelopper soigneusement notre TONNE de souvenirs...

— L'avion t'effraye encore ?

— Non, pas autant ! Ça va passer ? espère Zoé.

— Je n'aime pas vraiment ce mot-là, avoue 4-Trine, mais je crois que c'est la...

FIN

37

— Pas tout à fait, reprend Zoé. Nous avons encore de la visite…

— Un autre lézard ! marmonne 4-Trine, la tête entre ses épaules.

— NON ! C'EST LOUNIA !

— LOUNIA !!!

Elle leur envoie la main et court dans leur direction.

Zoé et 4-Trine bondissent sur leurs jambes et sautent dans ses bras…

— MAIS OÙ T'ÉTAIS ? dit d'un seul trait Zoé.

— NOUS AVONS CRU QUE TU ÉTAIS PARTIE SUR LE CONTINENT ! poursuit 4-Trine.

— C'EST SENSATIONNEL ! Mon père a réussi à trouver une galerie d'art, sur le continent, qui est intéressée par ses œuvres. Nous quittons l'île par bateau, demain matin. Nous allons avoir une superbe maison…

CHOUETTE !!!

— Tout comme vous, c'est ma dernière journée à Coco Momo…

— Alors qu'est-ce qu'on fait aujourd'hui ? veut savoir Zoé, tout excitée.

— Je vais vous emmener dans l'endroit le plus magnifique, le plus extraordinaire que vous n'ayez JAMAIS VU !

YESSSS !!!

— Mais avant, ajoute Lounia, nous devons aller chercher de l'équipement au centre d'activités de l'hôtel… DES *SIRÈNES-SUB* !

Dans un parc tropical qui ne semble plus finir, 4-Trine et Zoé suivent leur amie Lounia, qui, devant elles, marche comme une guide d'une grande aventure. Elle poursuit sa route sur un petit sentier très sinueux qui monte et descend et remonte...

— Ça fait presque une heure que nous marchons dans cette interminable forêt, se plaint 4-Trine tout bas pour ne pas être entendue. Je commence à être fatiguée...

De longues minutes passent encore et le sentier s'étend toujours à perte de vue...

— Quand est-ce que nous arrivons ? veut savoir Zoé. JE SUIS PRESQUE MORTE !

— IDEM POUR MOI ! Je commence à être super fatiguée et j'ai très mal aux pieds, lui avoue aussi 4-Trine. Je crois que j'ai perdu deux orteils dans le sentier...

— Bientôt ! leur répond Lounia. Et puis, on ne peut pas être presque mort : on est mort ou on ne l'est pas ! Il n'y a pas de demi-mesure dans ce cas-là...

— BON ! OK ! mais est-ce que c'est possible de faire une indigestion de... PALMIERS, ALORS ? demande Zoé.

Soudain, une douce brise glisse entre les arbres et rafraîchit le visage de Zoé et de 4-Trine, et l'étroit sentier s'élargit sur une magnifique baie. La mer est bleue, des palmiers ocre dansent au son des vagues.

magnifique !

— NE BOUGEZ PLUS ! leur dit tout à coup Lounia.
— QUOI ? crie Zoé, apeurée. IL Y A DES CROCO-DILES ???
4-Trine prend Zoé dans ses bras…

— Mais non ! du calme..., les rassure Lounia. Faites-moi confiance, vous n'allez jamais oublier ce moment. Maintenant, enlevez vos sandales, fermez vos yeux... ET ÉCOUTEZ !

Zoé et 4-Trine s'exécutent, ferment leurs yeux et demeurent complètement immobiles, les deux pieds dans le sable. Entre les notes des vagues qui se couchent sur le sable comme de la musique parvient à leurs oreilles... LE BATTEMENT DE LEUR CŒUR !

Zoé ouvre les yeux. Elle voudrait bien dire des milliers de choses, mais rien ne sort de sa bouche.

— Cet endroit s'appelle *Édena*, leur dit Lounia, ce qui veut dire un « endroit où tu peux entendre ton cœur battre »...

4-Trine ouvre ses yeux...

— Maintenant, mettez votre masque de plongée et prenez votre *sirène-sub*, nous allons visiter le « palais des poissons »...

— Il y des requins dans ce palais ? demande Zoé.

— **non !** lui répond Lounia. Il y a une barrière de récifs qui empêche les requins de traverser. C'est totalement sans danger...

Les trois filles s'approchent de la mer... ET PLON-
GENT !

WOW !

— Je n'avais jamais vu d'aussi splendides poissons, et d'aussi près, dit d'un trait Zoé, tout excitée.
— C'ÉTAIT MERVEILLEUX ! s'exclame 4-Trine en
sortant la tête de l'eau. Il y en avait des centaines !

Sur l'océan se couche lentement le soleil...
— Il faudrait penser à rentrer, dit Zoé, car il commence à se faire tard...

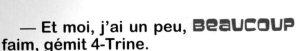

— Et moi, j'ai un peu, **BEAUCOUP** faim, gémit 4-Trine.

— J'ai des petits trucs à grignoter dans mon sac, leur dit Lounia. Et pour rentrer, mon père a un ami pêcheur à qui j'ai demandé de venir nous chercher. J'ai tout prévu, vous n'aurez pas à marcher pour retourner à l'hôtel.

Zoé et 4-Trine poussent un soupir de soulagement...

Assises sur un rocher, toutes les trois contemplent le merveilleux coucher de soleil rouge, rose et orange...

Quelques minutes passent...

— **OH ZUT !** fait tout à coup Zoé. UN SOUVENIR ! Nous avons pensé à tout le monde sauf à nous...

— MAIS C'EST VRAI ! constate aussi 4-Trine. Nous ne nous sommes absolument rien acheté. Nous allons revenir... SANS LE MOINDRE PETIT SOUVENIR !

— NON ! dit Lounia, les deux bras tendus vers elles, poings fermés... Moi, j'ai quelque chose pour vous !

Zoé et 4-Trine sourient...

Lounia ouvre ses doigts. À l'intérieur de ses mains...

IL N'Y A RIEN !

Trois jours plus tard, à **WOOPIVILLE** dans la classe de Zoé et 4-Trine...

Charles retourne s'asseoir à son pupitre après avoir parlé de ses vacances devant tous les élèves.

— Bravo Charles ! le complimente Caroline, sa professeure. Tu as été vraiment intéressant ! Au tour de Zoé et 4-Trine maintenant.

Elles se lèvent toutes les deux et se placent devant les élèves...

— Pour commencer, même si nous étions en congé d'école, nous avons pensé à vous et nous avons rapporté... DES SOUVENIRS À TOUT LE MONDE !

Zoé ouvre un grand sac et verse le contenu sur le pupitre de Caroline. Tous les amis de la classe sont fous de joie à la vue des jolis petits lézards en bois colorés...

— Pour notre professeure, Caroline, dit 4-Trine, nous avons rapporté quelque chose de très spécial... UN COLLIER AVEC UNE VRAIE DENT DE REQUIN !

OOOOHH !

Tous les élèves poussent un d'étonnement, surtout les garçons...

— Eh bien ! je ne sais pas quoi dire, lance Caroline, tout émue. Je cherche mes mots. Et pour vous ? Qu'avez-vous rapporté comme souvenir de votre voyage ?

Tous les élèves se tournent vers elles.

— CECI ! lui répond Zoé.

Zoé et 4-Trine tendent leurs bras, poings fermés, vers leur professeure. Caroline étire le cou. Zoé et 4-Trine ouvrent leurs mains, dans lesquelles il n'y a...

ABSOLUMENT RIEN !

46

— Sur cette île merveilleuse, nous avons rencontré Lounia, une fille vraiment *COOL*, explique 4-Trine. Et juste avant de partir, elle nous a offert, à toutes les deux…, SON AMITIÉ ! Pour toujours…

— Assoyez-vous ! Nous allons tout vous raconter…

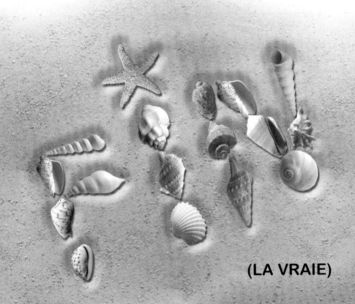

(LA VRAIE)

Retourne ton roman
TÊTE-BÊCHE
pour lire l'histoire de

ZOÉ